小坂顕太郎詩集

卵虫

コールサック社

卵虫　小坂顕太郎詩集

目次

Ⅰ章　卵虫

Ⅱ章　紫金錠

Ⅲ章　クレタの世界

詩集

卵虫

Ⅰ章　卵虫

終日

朝を粉《こ》にして水に溶き
喉をしめらせ　よそ行きの
身支度をととのえる　さりとて
何処へ出かけるでもなし
誰かがやって来るのでもなし
昼は　日だまりの
あわいの動きなど観察し
終日漂い　机に座して　黙然
夜明けを頼ればごうごうと
一日がまたうそぶきはじめる

水滴

水滴鳴る隈笹の
小雨の小径の数間前を
酉の子色の淡い着物の女が一人往き
私は主に女の
しっかりとした
足首の蔭ばかり見てやたら歩いた

ときにうかうかして居ると
鶯がそのあいだを横切ったり
霰が落ちたり

蜩がかしましくしたりして
女は肌色をいそがしく変える

些細な生活のことや健康や諍いや
ありきたりな事ばかりめまぐるしくて
私自身ついまたこの小径に居るのだが
ここへ来るたび居合わせて
そのたび女に決してこっちを振り返るなと
私は繰り返し祈った

女の　薄く蒼い
耳朶の造形《つく》りによく似た小さな庭へ
深く落ち窪んだ草屋があって
我々はそこで

円く
のけ反りながら仰向けになり
どこから流れて来るか知らない幽かな水の音に
互いの耳を澄まし
長いこと過ごしたと
たしかにそう過ごしたと考える

我々はやはり今日もまた
別々の顔をしてそこを目指すのである

女の口辺には
微かに読み取れる位の笑みが湛えられ
それが幸福に由るものか
悪意に由るものか

判然《わか》らない

私は女のことをすこしも知らない
女と私とはやはり見ず知らずの閼伽《アカ》の他人である
私が憶い出せるとするならば
彼女の耳が宿した水のこだまする響きと
思いつめた頭皮の尖鋭的な薫り
荒々しい睫毛の湿り気
脹脛《ふくらはぎ》を這う沈黙の血流
それら一部一部と私とのあいだを流れた
とてつもなく長い時間しかなかった

私と
女人との

歩幅の距離が縮まろうとするたび
雨垂れが
笹を
砂利を
しげく打つ

小径を抜けた向こうは
たいへん晴れた空である
ところが出口には
なかなか辿り着けないようである

水滴鳴る隈笹の
小雨の小径の
往き帰り

私は
このひとの
永劫蒼天の情夫だと

そう
考える

卵虫

明るい夜の庭先へ
分の厚いガラス窓が
幾重になり打ち捨てられて
数日前　気付いたのと同じに
青い縦型便箋がそこへ嵌まって居る
私は　それがいつまでも手元に届かぬことを知り
内心　不安であった

町中の団欒のほどかれていく時間
甲虫の集まる門扉の上には

古びたアコーディオンが不躾に立掛けられ
伸びきった蛇腹のその空洞を
黄ばんだ口髭の
小男のぼやきが
音律を纏うて右往左往する

庭先で涼む私に
『お祖父さまはお星さまになったの?』
と何度もたずねる稚児は　やがて白いシャツを脱ぎ捨て
ちひさい両のお乳をはつと突き出し
天の川をそこへ嬉々として乗っけてしまうから
それ以上　手の施しようも無くなる

再び夏が来ることを予感して

私たちは　久しぶりに陽気であった

夜露の重みで垂れ下がった若枝が
大きく撓《しな》ってはね戻り
ぴしやりと背中を打って雫を降らすと
私は頸筋の蔭へ
冷え切った　誰かの呼吸の張付くような
畏怖に近い湿度のようなものを感じて
身体を固くした

便箋が
ようやく手元に届けられたのだ
しかしそれはもうはや封が開けられていて
と　思うまもなく中から

緋色の卵虫が
片足へ
ぽつむと落ちて
拇趾と第二趾との間を
見事に遊泳する

＊卵虫……金魚の一品種。蘭鋳。蘭虫。丸子。

赤卵　akatama

赤卵を
産み落としてしまったので困り果てていた
赤いのは産む時　特に体力を使うのでずいぶんと疲れ切ってしまったし　そうそうあることでも無いので勝手がわからない　なにしろそれを傍へ置いてじっと見ているとなんだかそわそわして落ち着かないし　やりきれない気がする

週に　少なくとも一度か二度　厳粛な時間が必ずひたりと訪れて
偶然だの宿命だのと形式的に産んでしまうのだから　白卵でも青卵でも黄卵でも他のならなんでもかまわないのだが

赤が出た時にはこれは弱ったと思うより他はなかった
なぜかと言ってその気持ちはむつかしいのだけれども　それはもう自分なが
ら異様の体力の持主のようで薄気味わるくもあるし
もしかしたら太い巻角の　太い体毛にまみれた悪魔の落し物
そうでなければ泥酔者のどろりとしたまなこ
不燃を続けるきな臭い核高炉
肺に溜まった血液を思うだけ吐き散らした一面の花畑　きゃあ　！　！
血豆血眼血祭血潮　血清血石血書血税
血の雨血の池血の海血の筋血の涙
血みどろ血おろし血ばしる血ンこ？
きゃっ　！　！
蟻まみれンなった苺飴
火事場の野次馬たちの野卑な鼻先
祖父の溺愛を咥え込んでは口腔の異常肥大した錦鯉

行儀の悪いぬめねめとした野太いヒモ状のもの
固い　熱い　なんだかごつごつした固いもの
賑やかSUNSUN月経パロディ
ぼん　！　！　！
などと言ったって　どうしたって
赤卵を産んだァタシは赤卵そのものの中に在って　赤卵はやっぱりァタシそ
のものぢゃあないか

昼間訪れる客はそれでも皆
たいそうできた　おしゃまのひとたち
通常変わらぬ一通りの祝辞を述べては出て行く
ガス屋はガスを売るのだし　宗教屋は宗教を多売する　郵便屋は気がかりな
ものとてんで気がかりでないものとを交互にポストに投げ入れる
そのたんびにァタシは　玄関口で応対する自分の足元までそれが転がり出て

きやしないか
こいつが変な汗などかいてやしないだろうか　ひび割れてやしないだろうか
と俄然気がかりになって仕方ない

赤いのはとにかく困るのだ
赤いのはそれはもう手がかかるのだ

ところが
或る生温い　小雨の降りつづく夜半
それはァタシが思わず　爪切りの爪を散らかして
運動不足で丸こくなった鉤ヅメのツメの切れッ端を拾おうと苛立たしかった
その夜半
背の高い　黒いコートに身を包んだ痩身の男がふいにやって来て
静かにそれを所望する

おお　なんと
この忌まわしいものをくれとせがむのだ！

ァタシはしかし渡さなかった
ええ　なるものか
この見るからに忌々しい　ケバケバの
呪わしく穢らわしいものをたれが欲しがると云うのだ
幾ら高い金をくれたってやるものか
力ずくで持ち去ろうとおっしゃるのならすぐさま踏み潰して壊してしまおう
何とも区別のつかぬほどメサメサに　溢れる涙の液体を飲干して
そうしてできかけの　やらかい　薄緑の肋骨を
この胸深くに突立てる
なればァタシは再び　せわしなくとも　暗く　輝かしい執着に縛られた

赤い蜜月の時をもう一度迎えることができるだろう

今のアタシにとって
あくまでそれを渡すことなど考えおよばぬことだった

不躾に木戸を叩きつけ廊下を渡る
産まれる
アタシを呼ぶのが確かに聞こえる
むしむしとひび割れの音をたてて産まれ出づる革命の寵児
可愛い我が子がとうとう産まれる

アタシはいったいに
たれを愛し　愛され　たれの子を産むのでしょう
アタシは劣等の生産者

ネガティブな乱獲消費者
国産階級のミクロコスモス
自然力発電の要動員
隣の貴方におせっかいをやかずにおれないグランドマザー

あ
ああ　そうです
明日通りすがりにお会いする貴方もそうです
貴方も
貴方も
そこの貴殿も
赤く見えます
赤い仔です
そうそうァタシは赤卵の

あかい
あかい
あかい親

受胎

痩馬の鬣《たてがみ》を割く
金の装飾のある小刀
拓かれた臓腑と血管の
生ぬるい地図
言伝通りするべきか
思案に暮れて
まず片目の猫の嗜好する
銀のコンパスを拾い出す
職工の手から夥しくこぼれた
型抜きの甲虫群

その数珠繋ぎの長い丘陵
黒光りする野心
降りすぼみ
果てのまなじりに凍る
蒼い星団
泥蝿が鳴く
空っぽの水筒で
水溜まりに顔を映して坐した
読経するめくらの僧を踏み殺したのは
誰だ
袈裟から転がる
摩羅形の供物
乳白《ちちいろ》の生臭い生命力に溢ちた
むるむると慄くそいつが静止する刻

永い鐘が鳴る
一日の終わり

海に面した崖の岬先の聖堂から
巫女達が降りて来る
夕映えを浴びてうららかな
とりわけ聡明な瞳をした巫女の一人が
死にかけの
黙秘する
一つの供物を
緋袴に隠匿《かく》し持ち帰る

ゆるやかに波打つ

明けの寝台
よく肥えて
碧く光る海鼠の胎児を
孕む夢を見る

人魚

北上する青嵐《せいらん》の
耳小骨に鐘が鳴り
少女の銀の毛髪　千々に砕けて
島人はいよいよ始める

黒い海原の鏡面に
五体を投げ出し　雑魚寝して
ごくシンプルな生命の初源を感得する
月の産毛を剝がすごと
シンメトリに進化する過程の歓喜

荒々しい五感の胎動　押し寄せて
海豚に似たひやひやする
丸こい獲物を股ぐらで絞め殺す

吹きすさぶ砂浜に
kの字で屹立する松の枯木の
遠い罪悪感
架け忘れたままの濃緑の天鵞絨は
それに伴う最期の愛のざらついた夢
それは決して彼女に知らされることがない

やって来る 盲目の縫製師
ありとあらゆる関節を縫い付ける
暗く綴じられる皮膚のしじまに

ほの朱い鱗の灯が点り　燃え盛る
少女はいつの間に
大人になったか知らない

祝福

白い短毛の　顔だけは黒い
手の長い猿が　瀟洒に切られた斜めの壁を
祝福される二人の
白濁のレースの裾野へ
すべり降りてきて
嗤う

おごそかな式中　参列する
骨ばったドレスのおんなは
月と

アシナガ蜂と
貝類の模様に飾られたネイルを
一つ一つ剝がして　丁寧に
大理石の床へ並べる

おとこどもは老いも若きも
誂えられただけの間抜けな木立　背筋を正し
清浄な　どこまでも清浄な
便器の球形のことなど夢想する

式に飽いた園児はへたり込み
おのれの股間を執拗に
まさぐっては　確かめ
そのおかげで　知りもしない

ブーケの花の名をピタリと言い当てる
高らかな鐘が鳴り響く

黒い亡霊たちが　皆々の頭上にもたらされ
皆々は　連続する生活の意味を知らされる
目も耳も利かぬ老婆は独り
十六の頃　村を出る前の暗い雨の朝
寺社の裏蔭で急き　急かされて見た　稲光を再び見
〈　再び迸る疼き　〉にこわばり
進行役に運ばれていく

永久の誓は果たされたのだ

男は始終満面の笑みを浮かべ
女は始終臆面もない勝者的のまなざしを男に注ぐ

白い　手の長い猿が
も一度　のぞき込む

紛れもない　祝福の時間《とき》

盗賊

Yoshioka M.hommage

真夜中の
光る
柔《や》らかい
しめやかな
球体が
白い羽織を纏い　間延びし　縦型の半固体となって　膨張する頃

幾億匹の蛙が一斉に鼻づらを上へ向け　無声の野をつくる
その鼻先を三人の盗賊が渡る
一人は坊主

一人はざんばら
　一人の頭は青白く発光したようによく判らなかった

小沼の浮島で
ばら蒔く
戦利品

一つは坊主の
　猫の手
一つはざんばら
　　天狗面
一つは青白い者
　　底の抜けた金魚鉢
　それをうやうやしく被る

互いに歓び合い
互い鼻を顰め
取っ組み合う　三様の盗賊

小舟を進めアジトの御堂に戻るころ　時雨となり
急き始めた沼の流れ込みより
　　　紫蘭
　　雛菊
　刺草
金鳳花たち
水面を滑る花冠となって
仰向けに
白く浮かび流れ着く

たおやかな肢体の娘を迎える
と　思う間もなく　沼の底
花たちと混ざり溶け合うよう
くるくるすうーっと消えてしまった

そろりと顔を見合す盗賊共
捻《ネジ》れだす宙に耳澄まし
その解散を決意する

坊主の者　一つの丘へ　一積の石の束を拵えに
赤い目をしたざんばらは　殺めた娘の家族に侘びよう　侘びて駄目ならその
場でみんな殺してしまおう　そう覚悟して出掛ける

堂に一人残って　青白く光るもの　稲光のするたび発光の度合いを弱め　や
がて形も無くなった

幾億匹の蛙は泥にもぐり一斉に交尾の発声をかしましくする

真夜中の
光る
柔らかい
しめやかな
風が野を渡り

甲羅の無い爪の鋭い亀が　完全な球体の卵を　三つ産み落とす

Ⅱ章　紫金錠

紫金錠

いくどなく目醒めかけては
まだかたくなに醒めえぬ君の
薄情になく豊饒にもない
そのなだらかな胸板ほどの厚みに模して
いちめんのべられた雲団　緑青の翳
その底　まばゆいものを湛えつ
額を固く抑えて
敬虔な肉体へ馴らされる
ハイウエイ　金色の雨　降りそそぎ
空晒《あけさら》しのボディを穿って

無数の穴が開く
風が抜ける
そこから　洩れ出る　紫煙のパノラマ
走り去るまでの寸秒のリアル

洗面台へ　飛び火する舟虫

尾の長い　薄ピンクの深海魚の失明する音が
ヘドホンから聴こえる

同じ頃　節くれ立った古参の漁師が
海原の最深部にある裂け目の熱度をようよう探り当てたとかんちがいして
網を縫う手を一瞬止める

または　眼鏡の蔓《ツル》に這う山蟻の群れ
歯痛で眠れぬ少女の　ベッドの真下で　破水する銀の猪

明朝　はじめて猟に加わる少年　その夜　角のある山ノ神を　濡れた稲穂で
打ち叩き　姦淫する夢を見る
そのために頚を折られる雌鶏　軒先で　土・火・水の三つの詩を孵化させる

ハイウエイ　金色の雨　降りそそぎ
白い鋼のボディのためのボディとなって疾走《はし》り抜ける
蒼褪めた百葉の魂をころがして
嗚呼　ここはいったい大海であり
都会の隠匿された場所であり
山河でもあるのか

雨脚　過ぎ去ればすでに
全ては渇き
余熱のようなものが尾を曳いていく
脳髄に残滓する光景の数だけ　手にした
数粒の〈紫　金　錠〉
頰張り
未練というやつが記憶するその場所で

憧憬のこだまする
平らな砂丘に起立した
静謐な乳房

ム《無》ショウ《性》ク《苦》ショウ《性》の鼻を押し当てて

一度に　がりりと　噛み砕く

＊紫金錠……麝香《じゃこう》と竜脳《りゅうのう》・薄荷《はっか》などで製し、金銀箔をつけた錠剤。江戸時代、毒けし・食傷・胸痛・虫歯その他万病薬として用いた。

鉱石

古箪笥やらなにか
雑然としたガラクタに塞がれて
年中閉め切られた畳の間へ
私だけが巧妙《うま》く入り込む

別段何をすると言うのでもない
そこへ入浸っては
そわそわして居る
そうして居るのが好きだった

低い　重厚な色合いの平机があり
頭蓋ほどの質量の鉱石が
決まって定位置へ据えられて居る
と　錯覚するのだが

そのまえのときは隣町の老医の黒カバン
そのまえのまえのときは
中身の抜かれた
金鍍金《きんめっき》のたいそうな飾りの額縁であった
それから壊れた錠前と
毛髪のようなふさふさしたもの
或る時はまったくつんつるてんの寒天質のもの
　青磁器
びーどろ

メトロノーム

それらに埋もれて何時間でもぼんやりして居る
目を閉じても閉じないでも戸外の光線が
あかるくなったり暗くなったりするのが容易に判る
湿っぽい畳の底や図太く黒ずんだ柱の陰に棲む
気配のものたちがざわつくけれどもそんなことはてんでおかまいなしで
床の間へ無造作に掛けられた地獄絵に見入ったり
冷え切った指先で薄汚れた皮膚や静粛な窪みの箇所や渇いてひび割れた粘
膜の部分を弄んだり
額の上をしきりと旋廻する生ッ白《ちろ》くひ弱なエアプレインを気分次第で墜落
させたり
気付けばとうに夕闇が押寄せて居る

私は生家のその場所へ

数十年振りに居た
いいやそこへ数十年振りに立ち戻ることが出来た
と謂う方が正しいのだろう
けれども現在《いま》となって
私を惹きつけるものはそこに無く

机上の鉱石ばかりが
黙ってその色を変える
頭蓋の質量を持ったそいつの名前を私は知らない
隈隈しく翳を移し
光を食潰しては内包し
私の居なかった数十年の間中そこに居続けた
物質である物質
手にとってはまたしげしげと眺め

自分の内容物そのものを俯瞰するようで
見ている裡にいたたまれず
異様な気がした

急くように立ち上がりかけて
すぐそこに在ったのは
皺の際立った浅黒い父の顔である
暗然と蒼く見下ろすものを見上げながら私は
父もまたどうしてここへ這入る事が出来たのか
訝しがる間もなくすぐにまた〈理解〉し
後について部屋を出た

渡り廊下を歩く無言の背中を追いながら

目の先に在る一人の男の
無類に疲れ切った表情を繰り返し
〈責務〉のように反芻するたび
私は再び　瑞々しい
誇らしげな身体を取り戻しつつあった

青猫

一家して私達は眠りこけていた
眠りながら私達家族は久方ぶりに再会していた
母よりほか出払ってしまった生家にみんな居て
古い家具の匂いのする子供部屋のベッドで
父と母を両端に
中央に妹と弟と　おとな五人して
窮屈そうに並んで寝ていた
同じように私も眠っているのだが
傍らで　その光景をひそりと眺めている
蒸し暑い夜だった

私達は木琴の　壊れた鍵盤のように
不揃いに　蒼く　寝台の四角のフレームに納まって
いやに皆　無口であった
私はむしろその寝苦しさを愉しんだ
数年前　この家の居間で縊死した父親は
天井を鼻頭で支えるかのように
身じろぎもせず寝汗もかかず　正しく寝て居た
近くで凝視すると　綺麗に剃られた口髭が
今しも　むくむく伸びてくるような気がしてこそばゆい
あのとき母はやみくも父を降ろそうとして
ゴグリと耳につく　甘受の音を鳴らして
私達三人を抱え上げた　寡黙の背骨を歪めてしまった
それ以来　母と私はあまり口をきかない
妹弟たちは大きな図体をして　何食わぬ顔して眠っている

子供の頃私達は
ドブケなどに居る猫を度々拾ってきては飼ったが
家の前の国道で必ず轢かれてしまった
裏手はすぐ広々した田畑の景色だというのに
ドブケの猫は間抜け
生まれて啼いた　元の湿地へまた戻ろうとする
遠くで低く轟く雷《らい》の音がして
時折稲光のするたび
ぎこちなく　会話もなくて　安らかな
家族の裸像が　五体　白く輝《て》りだされ
私はもう一度　寝苦しい夜の眠りを貪りたくなる
そのとき青い毛の猫がやって来て　みんなの寝床に入る
この猫は賢い
誰にも気づかれず　私の膝裏を舐めてくすぐる

永久の家守である母は　永遠にこの猫に気づかない
私はにわかにこわくなり
タオルケットをきゅっと内股に挟む

塑像

暗室で
躾けられた慣習《ならわ》しと
取決めの一部始終が
歴史的重みある
各々の了解ごとが
月の無い晩
牛蛙の沼のかしましく鳴る時刻
たった一人の無名新人の
軽業師により破られる

交合を報せるためのセンサーが鳴り響き
初めての発汗を秘匿する
亜鉛めっきの重箱仕様
せっかちな湿度が
最期のスピードを上げていく

男は膝頭の上で
育つ蜂の子を観察するため身動きできない
女はァバラの隙間と隙間へ
朝摘みのグラナダの花の液を流し込み
凝固するまで
凍えるまで待つ覚悟

男ども

女ども
太古の裁きを催すたび
暗室は更に暗くおびえ
今の今まで愛でられ続けた
極端に臆病な
青い毛の豹の仔はやがて分厚い絨毯になる

男と女とのあいだに
昼夜問わず
打ち立てられた
生臭く　やさぐれた　意気揚々の
でっかい塑像

半面は

鉱物的なごつごつとした黒と黄金《こがね》のマチエール
半面は
大きな砂丘と海の見える景色
今にも砂山崩れて流れ込みそうで
危うい気がする

男は朝晩
見て見ぬふりをする
何かの拍子に目に入れたなら
冷や汗噴出すんだなぁ
嗚呼！　とてもじゃないが
死んでもいいような気にさえなってしまう
女は日頃何かにつけて
ぉもィっきり殴打する

ＬＯＶＥましーーーーん。

同時に男は
そんな獰猛な彼女の肌闇をこよなく愛し
うなだれる
女はそのとき限り
男を許す
一も
二も
なく
ここぞとばかり男は
蒼褪めた毛髪を一時に〈それへ〉突き立てる
やあぁぁぁぁぁぁああ

男ども女ども
塑像を永遠に周回する
熟れた
乾涸びた
爛れた
水蜜桃になる

守宮

上顎と下顎の
左右の均等な運動が
一部の狂信者の自慰行為を形骸化させ
やがて完全体になる『カノジョ』
深夜とまっとうな世界との時差を
正常にする

ハンモックの老男は
南欧の夏の白く陵辱的な日差しに耐え得る
書道家の娘の歯茎を吟味し

健康を判断し
墨汁は飲み干す
古き良きライバルよ！
久留米絣をはだけて
爪を磨く
舌が最近無性に伸びて小気味いい『カノジョ』
流行を一ダースごと廃棄
深夜とまっとうな世界との時差を
狂わせる

無精髭の男が自室で
自慢の獅子鼻を掻く
毛穴の一つ一つに細かな白い長い虫が居て
対話する

夜明けまで同じ文句を繰り返し
いつまでも対話する
その夜の壁
振り子時計の長針に張り付いたまま
回答を求められても応えない
離れようともせず凝っとしたままの『カノジョ』
深夜とまっとうな世界との時差を
うやむやにする
ときに思い出したように
朗らかに唄う

なめらかな体表の隈々に
敷き詰めた氷紋の翳
たいせつな夢の萌芽するときの

成人の唾液の乾いたにおいが微かにする
生ぬるい血の滲むまで
ツンドラの肌
氷河期の声

迂闊な蛾虫は
刹那の情感に絆されて
はらはら哂う
それは
淋しい
それは
そこそこのコント
それを
一口に食べる

Ｑｕｅｅｎの所作
頭蓋の奥が
ぶぶと鳴る
おおいなる『カノジョ』の面構え

ぬこ　nuco

家猫　外猫
虎猫　茶虎
黒猫　白猫
きらめく三毛猫
玉猫　ゲジ猫　耳猫
緑の煙を吐き散らす猫
夜の大鳥と戦う猫
刺し違える猫
朝の老人に礼節をかかさぬ猫
牛猫　ハゲ猫　ぬこ

股猫　式猫　桜猫
王様の猫

猫は足元え居る　必ずついて居る
すぐそこい居る　すでい居る
何百えんも前えからこちらを見てい居る
じいと観察してい居る
膝裏にぬこ丸　左肩に爪を突き立てる　びョウびョウ息吐いてぬこ
戸棚の上からやっぱり見ている諜報部隊ぬこ　おのれ見下すなし！！
ぬでもソフアの下から覗いて眼を尖らせる
主が病の時ぬも　主が病なりに居るぬこ
足踏みして　重い

ぬこすのトイレは格別敷居が高い

黄金砂と蘭奢待《らんじゃたい》　掌《たなごころ》合わせてそっと持ち去る
しても不服なだけのぬこ

かというて猫は究極怒らなし　恨まなし
かというて慈悲の気持ちなど起こし無し
機嫌の好し悪し
それだけだし
それだけならちょっといやだし

足元ぬこついてくる　必ずついてくる
もうすぐそこい居る　すでい居る　居る

居る

楕円体

楕円の球体の上をもう何周したか
果たしてそれが正確に楕円の球体であったか
本当は球体そのものの中に居たのか
この頃　よく分からない

僅かな　冥い星明りが見えていた
やがてその光の下に辿り着くのだろうと
一つの真理のようにぼんやり考えていたのだが
それも知らぬ間　どこかへいった

淋しさもなければ　愉快なこともない
ふいに燻ぶる情感を
何事もなく速やかに運んでいく鉄でできた蟻の群れ
砂にまみれた青や黄や乳白色の飴玉を
球体の端っこまで運んで行っては落っことす

楕円の球体
〈　それ自体　〉が物凄い速度でころがっているのだ
清濁を分かたず内包したまま　正義の精査などうっちゃらかして
時代の先の先へと　おそろしくころがる〈　歪な球体　〉

もうずいぶん長いあいだ
難渋な円周のほとりを巡って来たつもりだが
頭髪細り

ドブ川に浮いて帰って来ぬままのふやけた臓物
醜く憤っているだけの陰茎を携え
じりじり　老い朽ちていく此の個体なら
最早　そこに在ってそこに無いのだろ

我が哀しみの先
すぐ目の先で
楕円の球体が
物凄い速度でころがっていく

鬼灯

晩夏を手放す雷《らい》がして
連弾の雨ひとしきり降り
はたと止む

背中《せな》の後ろに
知らない
懐かしい
人の影たちが
幾重にも重なり合って
途方もなく広く

仄暗い

真夏日の間中
眠り続けた老猫の肉球が
やにわに立つつめたい風に
ころりと外れて畳に転がる

読むあてなく買い漁っては
積上げられた書籍が揺れる
固く口を噤んだままの背骨のバランス
やがては長いグレーの塔となり
やはり永遠に読まれることがない

遠くで犬が

しきりと吠える
隣家の風呂場で
青色の目の二十日鼠を捕まえてくれろと
子供がしゃかりきに泣く
父は冷蔵庫にすがりつき
母は蚊取線香をセンチ単位に折る

きれぎれの蛍光灯の音だけがする小さな居間で
一日口を開くことの無い老夫婦
今日の夕餉を前に
昨日の夕餉について長々と語らい憎しみ合う

〈　ひょうびょうや…
ひょうびょうや…　〉

ほそながい学生服の男子が
口笛に一人部屋の情熱を洩らして
黒い　先端のいやに貧小な　どこまでも続く
電信柱の影に沿って自転車を走らせる

背中の影たちが
　一つ
また一つと
立ち去っていく
〈　雨宿り済んだ　〉と
行く先告げず去っていく
背後のだだっ広い空間が
急速に萎みはじめて　静止できない

ふいと湿った樟脳のやつが立ち籠めて
いやでも独りの背中の夢を観る

机に放ってあった筈の
油蟬の脱殻が
かしかしと乾いた音を立てるので
見ると　鮮やかな色をした
鬼灯であった

自分は
死人たちの開かれた口腔へ
それを一つずつ入れていく想像をする

Ⅲ章　クレタの世界

装　画　～ゴージャスな

夜明け前　抜け出した
からっぽの煎餅布団には　ほどなく清水が湧き出し
青ざめる隣人たちを尽く
まんべんない土塊のぬかるみに　沈ませる

或る者は
喪服の宴の　酒臭い初老の女のせわしい息づかいを　視姦し

或る者は
夕映えのあぜ道を

しどけない姉の足首に垂れてからみつく
太く　赫い　木綿糸のみずみずしく生臭いことを嗅ぎつけて　崇拝し

また或る者は
真昼でもひんやりとした
黴臭い玄関の　壁に吊り下がった赤銅色の鬼の面に
アル中の父のしなびた陰嚢を想起して
自らの肛門の膨らむ　あたらしい輝きを受容する

ぬかるみに浸って　尚更のんきな連中は
灰を被ったようにつまらなそうな顔をして
あなたのためにもよかれと　頷き
もうとっくにあなたのことなど忘れてしまった

かまわずゆく足元へ
まといつく　暗い　泥濘する水たまりに
噛みつくよう　吐き散らした
あなたのつばきは
執拗な重奏を　拡げて　滲む
それは正しい飛魚の臓腑の色をしている
グラマラスな宇宙の血の色だ

だだっ広い往来で　行き交う者たちの顔が
いまいち見えない
黒い顔をした黒い群れたちが
行商
ペテン

神主
急患
鍵師
犬飼
香具師
配管工……と順番に
どんづまりの港の切っ先から　垂直に
大きな夜鳥《ヨドリ》の翼をすぼめて降下するよう
墜ちていく

世界というやつが追うて来る
あなたの聞く足音は　あなたのそれでなく
世界というやつの　重く　ひび割れた

手招きする音だ

蟇蛙に似た　唖《おうし》のおんなの独りやる
四ツ辻食堂のカウンターで
ちいさなヒトのような　青い肌をした猫のコのような
瑣末なものをポリポリやりながら
『もう待ってられないな』　と呟き
目の前の麦酒《びひる》を一息に飲み干し店を出る

夜のまだ明けきらぬ裡
胸の底に巣喰うた
大音響ゴージャス
手を叩け

足鳴らせ
ひとでなしの神々が目覚め出す

さすればもう仕方のないこと
仕様のないこと

その胸を裂き　花びらが
薄紫色の花弁が　もくもく溢れ
あなたは　根も葉もなく
縊死してしまう

九門

吸着する
アジア様の風が
熱病連れてコツコツと
呼び出す小窓に発疹をもたらし
怯える黒い男の顔が奥へと消える

九つの門の在処を
隠し続けて
龍が騒ぐ

へしゃげた自転車のような
人種の塊
言語と紙切れ
凍ったイチジクと灰皿の骨
乾ききった爪と夢
ベッドで欲しがる処方箋 pm2.5
穢れない
完璧なフォルムの
鶏卵の中から聞こえる湿式の肉声が
その在処を教えている

アパートに吹き溜まる
枯れた赤い葉が
貧弱な城の形を築く

木っ端微塵の強大国よ
その夜の放射状の熱力にうなされる！

隠匿された九つの門の数だけ
僕らは逃走する
逃げなされ
逃げなされ
逃亡者の歌
今日もまた赤と黒の野良たちが
宇宙のしきたりの形態で交尾する小路に
皇后しく放尿する
紫黒のドレスは捲くられて
カラカラカラと
大女《をんな》が笑う

僕らアジアの耀かしい軌跡

王家

括られる　絡めとられる
両脚に
頸椎に
なんの決意すらない
王族の心得
ささやかな最終聖戦
ひらめきのわずかな燭台
声渇かせてお前らの眼前に据えよう
金の眼をした二十日鼠
供物の果実はよく考えて

捨てて行け
ひけらかして行け
１㎜の純真は残して行ける
呼び声高く
砲台の照準なら本日もあそこへ定められたまま
勤勉将校どもに任せておこう
嗚呼
嗚呼
其れは其れ
奴隷の額は青空の青
腐敗の確認はいつもいつも怠るまい

熱砂

エラ呼吸で凌いでいる
熱い国の砂の上
パタパタできない
が気はまだ確か

遠い国のゲラ刷り広告でまぎらわせる
ビキニの青と
ナイロンの
縫製された隙間から漏れ出る
重油に似てすばしこく　照り輝く女体美

ラジオからこぼれた途端
か細くしてゆく郷愁エレキ
吹かず
目に視えているだけの
風の赤が転がってゆく

異例の早さで
友好条約が締結されて
凍り付く
しわがれる
甲状腺様の砂漠の表皮

熱砂の中の

優等種の近眼のワームだけ
彼だけがよく知っていた

更にその下の
その下にある病理装置を知っていた

しかし
個人的には許して欲しい
もうじき許されるだろう
それはどうしようもないことだし
それが慈悲というものだ
だからと言ってこのままでいい
雨の一滴も降らさないでくれ
唐突なサヨナラサイレンでの帰還はごめんだ

ホームランの夢を見て
エラ呼吸で凌いでいる
牛や豚や鶏や作られた哺乳動物は
やがて血脈を伝い
元の山の土へと還る

パタパタと
パタパタパタパタと

頼むから
サヨナラサイレンでの帰還はまっぴらごめんだ

五指

身も蓋も無い話しの中途で鳴る
奥行のあるグラスの底で　撥ねて鳴る尾骶骨

肥大し続ける多肉植物の　赫い頭部がのんべり垂れて
プラスチックレモンの鉢を圧潰す
溢れ出す粘着する浸出液
金属の擦過音に　殊に神経質な執刀医のコッヘルで
清浄に区画された港湾の外側まで　押し流される〈　会話　〉の形骸

尻尾のナぃ黒犬が

炭化した棒切れの様なひょろ長い金精神を咥えて来て　置いて
『ワ　む　！　！』ヨダレまみれの議論の終焉
猛禽類の執拗な甘噛みが訓える　重量あるクルミの空洞と
まっとうなことの一つも言えない寒空の口のこと

夕暮の操車場に見え隠れする　下半身の裸になった女児の群れ
無口な主の五本の指が車輌の　端へ　端へ伸び
その連結部を　くまなくまさぐって　庇護する
シラスの如く掻き集められた女児達　少しぬくもると　奥歯の神経の腐敗した匂いを感じて　互いにほくそ笑む　半身裸であることを次第に気恥ずかしく思うようになる
白昼　皆でふり撒いた尿の柑橘的蒸発を　目張りされ梱包された寝台列車が
乾いた土地の農夫の眠りへ持ち運ぶ

濫りに伸びる　五本の
五ツの思索
歪な枝葉に覆われる　遮断された頭蓋
張り巡らされた襞状のものを
引き剝がしては　床に　並べる　明け方
埋まりきらないでいる書棚の四角い盲目フレームに
在る畏怖
在る信仰
そのほとりでやたら増幅する　白茶化たニシンの目玉の様な《　実相　》

窓枠から羽ばたこうとする
生身の　叫びの両翼は撃ち落す
やがて出来上がる
精巧な　ゼンマイ仕掛けの　たおやかな《　菌類　》

目覚めかけた誰かの夢の　その内耳まで届ける
光る伸びる五本の指たち

夜想

狂わせの夜
　狂わせの夜の花
一縷の旋律が
コク深い骨殻スープの上に薄い膜を張り
俺たちはそこで溺れる
　あの海に
　あの空に
愉悦のステップで
固いナマコを踏み潰す
蜉蝣のやらかい腹を眼蓋に乗せる

やって来てくれ透明の殺人鬼
絞り出せるだけの臓物は絞り出した
かなしみとけだるさを浮べて
沈みながら曳航されてゆく一艘の小舟
脱皮したばかりの蟹の　思慮深い
薄キイロの髄の層を突き破る
からからと哄笑する俺たち
その口蓋から漏レ墜ちるリズムを
一つの「線」として釣り上げる好事家の神様
解き放て
歓喜するくるぶしの謳
解き放て
道端の犬の糞
そこから視る動線

解き放て
もう一度　空
　花
夜

学舎

銀のモールが
灰の空から落ちてくる
憂鬱で甘美な事のはじまり

尻の毛の剝げ落ちた白狼が
休校の砂場で掘り当てた
濡れて　長く丸められたもの
やって来るぞ　スケーターワルツ
ついでに出てきた

砂まみれ　チョンギレ指さっく
は　放蕩《ほう》り投げる
二月のプールに回り続ける
玉虫の翅とモノトンの名札
年中陽の当たらぬ校庭の一角へ
白カビに祝福された食卓を囲む
遺尿症児たちの楽園
隣に拵《こさ》えた　黒光りの祭壇は
真夏でも冷たい
厳粛な湿度を誘って
祀られた
ダンゴムシ
ハサミムシ
三日月形の石

手のひら大のサルノコシカケ
それをいちはやくみつけた
片足のちひさな女生徒が　小走りに来て
片端から　どしどし踏みつける
商店街の大人達は
流行病を畏れて
早々と店の戸開《とびら》を下ろしてしまった
豆腐屋は
ふやけた大豆の上に寝そべりながら
金物屋は大鍋に臀部を埋め
となり店屋の母娘と姦通するための算用をする
ぼくらはそれを横目にすり抜けて
いつもの空き地へ集合だ
すえた臭いのする

適度に弾力ある液体の満ちた
ジャム瓶を持ち寄って　互いちがい　　順番㋙に
指を突っ込んでみる遊戯に耽るため
姉は　優等の成績で卒業した自負で
鍵職人の父親の
耳穴の形状を酷く嫌う
睫毛に深緑　乗せて
夢に徘徊する飼猫の胎内に
鎖骨の高さまで埋《うず》もれてゆく夜半
〈　ちち　〉と
〈　はは　〉の単語の不在した
しりとりを
肉屋の次男と試みる

最後の校庭へ
日傘の女　蒼く立ち
陽射しがしたり翳ったり
するごと膝丈のスカートから
赫い毛糸が垂れ出してきて　際限もなく
くるぶし深く　くまぐま巻付き
その髪は　空　一層蒼く染まる
明朝早く
ぼくらは銘々の色彩のモールを持ち寄り
校舎の塀へ　繋げて飾る

すべての生徒達は
塀の外に居る

蔵玉　kura-tama

蔵玉の
存ぜぬ hime　kame
六方くらくら　汗ばむ頭身

ひそみ葦
ぐらんどうぐらんどう
ここ往け　SEVEN ALL
ちゃら銭つてとて　軍艦マーチィー
もちと持つてけ　持つてけどろぼう

スって知り得て　くろがねの門
煙たなびくかっぽう着の園

盗つて
つて
とて
たれが恍惚《ほう》けた
たれが殺した
白肌ジャーキー

蔵玉の
存ぜぬ hime　kame
八方ひらひら　黄ィばむ痩身

姫待ち
神待ち
そぞろ待ち

クレタの世界

〈クレタ〉
お前の視界は　開かず
さらに固く閉じられて
羽蟻の運動する　執拗な
放射状の羽音については
とてもよく感知する
それは月の明るい夜
内向的幼児の夢の耳だけを愉快にさせる

〈クレタ〉

お前は
雌雄の別すら　まだ無く
全身の肌は　青く
明け方の小雨に　潤みつづける
ゴムボートか
ポリバケツ
浜辺へ打ち揚げられた鱶のようにもあるし
堕胎を嗜好する牡蠣の腹部のようにもある
肥太ったモモンガの類のようにもある
とにかく丸こい
のんべりと不必要に長い
むるむると動く屍たる
お前

でらでら照り付ける陽射しに
生え茂ったうぶ毛は安らかに　起立し
なだらかな『　生　』を選り好みして　謡い
お前の
皮膚というよりは粘膜に囲われた
半固体の質量を擁護する

お前の
唯一の友達がやって来た
・・・・・
とちとちとち
とやって来た
フェルト生地に似た手触りの

顔の細長くとがった灰色ライオン
そう遠くない棲家
砂場の土地からやって来た
だけどお前ったらどこまでもだらしない
彼が来る頃にはいつも眠りこけてしまって
今眠る
この場所ですら判然しない
友達は
心得て
いつもの通り
そっと顔を寄せる
ざらついた細長い舌がぞろりと
お前の耳穴ふかく挿れられる

そのときようやく
お前の視界は啓かれる

あの丘　輝かしく
八つの乱暴な雌の巨木♀
白い脚を震わせ賑わいながら
妬み合い
抱き合いながら
殺し合う
鼠色の砂のざらついた雨がひとしきり降り
降り止む頃に
お互いの死体を晒し合い
はや腐り掛けた大量の樹液を八つ共々緩慢に垂らす
遠くで雷鳴がする

乾物の鰯の頭が
おごそかに畑の四隅に植えられる
骨と皮ばかりの羊の群を追いやり
お前の
完全な
真に瑞瑞しい
もう一つの体軀を密閉した
墓守がいそいそと立ち去る
クレラァップ！　！　！

だがお前は動じたりしない
寝たふりを続けられる
ゴムボートか
ポリバケツ

あの丘　輝かしく
あの丘を　密かに
自分だけのものにしたいと願っている生娘の陰唇が
太陽に焦がれ
黄金色に熱く腫れ上り
輝く飛行船の形体を為す
丘へ　一陣の風が吹くころ
乳房と腹部と太腿だけでできた（球体の）（慈愛の）母親が
できあがったばかりの
ストロベリジャムをうやうやしく塗りつける

お前は寝たふりながら考えて
（それでもいい）

（それでぜんぶ）と満足する、、

これで『　完成　』だ。

けれど
抱きしめたい腕が
その胴体に埋まったままだ
またぎたい脚が
その胴体に浸かったままだ
その眼

その眼球が
カラダの暗イ曖昧な処へ
ぶらさがってこちらを覗いたままだ

だけど
だんだん
だんだん
〈　世界　〉が蔽い被さってくる

青く沈む　時限装置♂
すべてを壊す
解体テキスト
14色の色鉛筆は全て芯を折る
その14を誰かのこめかみへ一つ一つ埋める

その14人が
青いインクをぶちまける
それをひとしきり舐め尽くす1固体
されば
血液注射する
青い眼球を落す
ぶらーん

お前は壊したいのか
壊したい
壊れるから壊そうとする
壊そうとしては壊れるなと必ず祈る
壊そうとする前に必ず壊れる

だが　その考えは止めにしたがいい
止めにするほうがいい

ゴムボートか
ポリバケツ
青鉛筆か
赤鉛筆
ストロベリジャムか
マーマレード

〈クレタ〉
〈クレタ〉
〈クレタ〉

お前は　いったい　誰だ
〈　ク　レ　タ　！　〉
さあ　目を覚ませ

終句

ぽっかりあいたお空にね
金銀ザラメを浮かべてね
よちよち歩きのとおせんぼ
ここにいるよと唄っても
だあれも来なくて
途方に暮れた

煙たなびくお山にね
帰るけものに手をふって
うとうともうはよねむりたい
金銀ザラメの夢の夢
金銀ザラメと沈む夢

著者略歴

小坂　顕太郎（1974．10．16）

岡山県高梁市　出身
2008年　第一詩集『五月闇』（コールサック社）
2019年　第二詩集『卵虫』（コールサック社）

現住所　〒710-0015
　岡山県倉敷市中庄団地12-46
E-MAIL　kaminarimind@mx6.tiki.ne.jp

石炭袋

卵虫　小坂顕太郎詩集

2019年11月30日初版発行
著者　　　　　小坂顕太郎
編集・発行者　鈴木比佐雄

発行所　株式会社 コールサック社
〒173-0004　東京都板橋区板橋2-63-4-209
電話 03-5944-3258　FAX 03-5944-3238
suzuki@coal-sack.com　http://www.coal-sack.com
郵便振替　00180-4-741802
印刷管理　（株）コールサック社　制作部

カバー絵　井木紫人　　　　装幀　奥川はるみ

落丁本・乱丁本はお取り替えいたします。
ISBN978-4-86435-420-2　C1092　￥2000E